ÂF418204

DESDE EL ESCRITORIO

Álvaro Santa Cruz

DESDE EL ESCRITORIO

PRIMERA EDICIÓN
Septiembre 2021

Editado por Aguja Literaria
Noruega 6655, dpto. 132
Las Condes - Santiago de Chile
Fono fijo: 56 - 227896753
E-Mail: contacto@agujaliteraria.com
www.agujaliteraria.com
Facebook: Aguja Literaria
Instagram @agujaliteraria

ISBN
9789566039877

Nº INSCRIPCIÓN:
2021-A-7902

TAPAS:
Imagen de Portada: Elijah O'Donnell (Pexels)
Diseño de Tapas: Josefina Gaete Silva

Palabras del autor

Empecé a escribir este libro como una manera de recolectar los borradores que más me han gustado de los que escribí a lo largo de los años; sin embargo, de a poco creció en mí la idea de expresar sentimientos de manera seria y ver si es que a otros gusta este tipo de textos.

Así comenzó mi travesía, pidiendo opiniones a distintas personas para ver si valía la pena seguir trabajando en esto y que fuese más que una buena anécdota por contar.

Las reacciones eran positivas, quizás no ante todos los cuentos, pero sumando y restando parecía gustar tanto la temática como el estilo en que estaban escritos. Para no alargarme en introducciones y mantener la tónica del libro (cuentos cortos), te saludo querido lector y te doy la bienvenida a un viaje por mi mente; ojalá lo disfrutes, reflexiones y te logres identificar con algún cuento, aunque sé que es difícil, ya que la vida y las experiencias no se manifiestan de igual manera en cada persona.

Para no atrasar más tu lectura, me despido con un muchas gracias por interesarte en este rincón de mi mente llamado *Desde el Escritorio*.

1

Corro y corro, pero no llego a destino. No sé qué busco ni cuál es el camino; solo sé que, desde mi partida, todo ha sido un caos.

El alcohol se convirtió en mi consejero. Me escuchaba sin hablar hasta terminar la sesión. Teníamos varias por día, pero siempre terminaban de la misma forma, conmigo tendido en el suelo sin saber de situación alguna.

Parecía que todo era mejor antes: cuando había luz, sentido; lo que fuere... Quizás algún día volverá esa luz. Tal vez volveré a sonreír, incluso puede que te vea de nuevo.

Por ahora solo me queda correr, es hora de una nueva noche de sesiones para buscar una respuesta.

2

Parecía un día como cualquiera. Fui a la universidad y después a tomar con mis amigos, tal como acostumbrábamos. Era nuestra rutina desde hacía tiempo: llegar temprano, juntar gente y luego irnos a beber. Mis clases poco importaban; estaba solo, cursándolas por tercera vez, sin conseguir buenos resultados.

Con posterioridad decidí dejarlo todo. Llegué a mi casa, escribí esto a un amigo y decidí no pelear más. Entonces descubrí que llevaba un buen tiempo muerto, solo me faltaba descansar en paz.

3

Cuando volví todo estaba igual. Todo, menos una cosa. Algo faltaba, la casa se sentía vacía. No comprendí el cambio hasta que lo divisé: vi mi adorno favorito en el piso, roto, destrozado en mil pedazos; incapaz de realizar su función.

Lo entendí entonces, todo terminó. Las risas, las alegrías, todo aquello que ese simple adorno me daba. Solamente quedaban los recuerdos de cuando me había ido para, al volver, ya no encontrarte.

Desde ese día todo cambió. Las fuerzas y las ganas me abandonaron. Intento recuperarlas; sin embargo, no lo consigo. El problema es que ese simple adorno era mi todo. La razón para levantarme, de continuar cada día, y que ahora se reduce a un pedazo roto, aquel que atesoro con mi vida.

4

La oscuridad parecía no terminar. Llevaba mucho tiempo viajando sin señales de luz, solo el tenue resplandor de mi teléfono, a minutos de quedarse sin batería.

Aunque no siempre fue así. Recuerdo que antes estaba lleno de brillo y los días parecían eternos, pues incluso de noche la luna iluminaba con fuerza todo a su paso. Todavía no estoy seguro de qué pasó exactamente, solo sé que, si no resolvemos este problema, no habrá más días como aquellos.

Pero ¿cómo? No veía a nadie a mi alrededor y, con mis 80 años, era difícil predecir cuánto podría aguantar en este cuerpo cansado.

Seguía buscando con quién poder hablar, tal vez caminando en círculos, quizás dirigiéndome a algún lugar. Estaba solo, hambriento, cansado y, sobre todo, asustado. No sabía qué esperar de esa oscuridad, tan semejante a la enorme boca de un lobo, haciéndome temblar bajo el sabotaje de mi percepción que parecía adentrarse más y más en ella.

Paré un segundo para analizar la situación; miré a mi alrededor y solo vi sombras, pero no de personas normales, sino de aquellas que parecen seguirte. Puede ser que estuviera algo paranoico, mas, entiendan lo que es estar rodeado de oscuridad por tanto tiempo.

Cuando me dispuse a seguir avanzando sentí un estruendo. Por un minuto pensé que era mi imaginación, pero luego volví a oírlo; más fuerte, más cerca. Y de pronto la vi. No podía ser otra más que ella, mi dama de compañía favorita en las frías noches de Santiago.

Fue entonces cuando me di cuenta de que la locura me había consumido y no estaba viviendo más en la Tierra. Fue ahí cuando me di cuenta de que había llegado a donde me esperaban; cuando comprendí que me cobraban todas mis andanzas; cuando entendí que todo había terminado.

5

Estaba listo, me había tomado mi medicina y quitado la ropa. Ella estaba sentada en la cama con cara de repulsión al ver mi viejo cuerpo desnudo. Yo vibraba de emoción y esperaba a que se sacase sus prendas. Costaba, pero después de un poco se lo quitaba todo. Así eran nuestras noches desde que nuestro hijo murió en aquel accidente. Vigilias en las que nos dábamos cuenta de que nuestra relación salía a flote solo por él y ahora que no está, lo que nos une es la repulsión que sentimos por el otro. Nos casamos jóvenes y tontos, confundimos el cariño con el amor y nunca pensamos en lo que significaba convivir con nuestros defectos, sin estar dispuestos a ceder ninguna de nuestras peculiaridades.

Un día ella decidió partir. Yo, tan macabeo como siempre, la dejé. Me sentí libre por un instante, pero pasado este comencé a pensar en qué haría con mi libertad. Fue entonces cuando noté que mi vida no era nada sin ella. Mis días se basaban en mirar nuestras antiguas fotos y pensar en qué iba a ser de mí. Después de un par de meses me propuse ir a buscarla; sin embargo, ella era feliz con otro; me había olvidado.

Cuando me di cuenta de que no tenía más que hacer, decidí salir con sustancias distintas a las frecuentes. Siempre me dio vergüenza admitir mi adicción, mas, me ayudaban a olvidar, me hacían feliz y no exigían nada más que un pedazo de mi vida cada vez que las probaba. Fue así como pasé mis últimos días atontado del mundo real, sin más que una botella en mis manos, tratando de descubrir qué había hecho para llegar aquí y cómo es que fui tan imbécil para dejar que todo se fuera a la mierda.

6

Él ya no estaba, solo quedaba yo. Tenía que volver con los demás para contarles la noticia, pero ¿cómo les diría? Nadie creería que no fue culpa mía y se descargarían conmigo. No, no lo harían; creerían que había sido un accidente y sería libre de nuevo. ¿Y si no lo creyeran? Tendrían que hacerlo, no tendrían más opciones, fui el único que vio lo que pasó. ¿Y si alguien más nos vio? No, nadie lo hizo, estábamos solos en el cine, ¿o fue en la cafetería? No, tonto, fue en el bar, ¡eso es! Diré que estábamos en el bar, que resbaló y murió, tan simple como eso, pero... ¿en qué bar?, ¿por qué no había más gente?, ¿dónde estaba el barman? Siento que me estoy enredando demasiado. No preguntarán, la noticia será tan impactante que no les surgirán preguntas y, si llegaran a surgir, diré que llegué tarde; sí, eso nada más.

Caminaré con calma, un poco afligido. Deben creer el dolor que me produce esto aunque no me produzca nada, pues era necesario hacerlo, no tenía otra salida, era él o yo. Sin embargo, ¿por qué no fui yo? No tenía nada y ahora le arrebaté el padre a una familia, ¿por qué soy tan estúpido? Dejé todo por cuidar de mí y no pude salvarlo. ¿O sí lo hice? Pudimos ser los dos y eso es mucha gente. En cambio solo hay uno; le hice un bien al mundo. Aunque si solo me querían a mí, ¿por qué lo hice? No era necesario, nunca lo fue, incluso así, algo en mi interior me provocó la necesidad de hacerlo, lo mismo que me hizo sentir que también me pasaría.

Nunca quise dañar a nadie, ellos querían hacérmelo y también al resto. Yo solo los complací para que no me dañaran. Pero si así fuere, ¿ellos dejarán de existir? No, buscarían a otro, y lo efectuarían con más gente; así que estoy haciendo bien.

7

Corrí hasta no poder más, hasta no ver gente detrás. Tal vez nunca hubo alguien, quizás solo quería huir de ahí, tratar de escapar de mis problemas, de dejarlos atrás, incluso si estos me alcanzaran por más que corriera.

Siempre fui un tipo muy normal, un alumno regular, buena persona, nada fuera de lo común. Mas, siempre fui considerado raro por mi particular cercanía con las personas de mi entorno. Jamás entendieron cómo podía confiar tanto y tan rápido en las personas que acababa de conocer. En realidad, darle esa confianza a un desconocido era una prueba para saber si estaría contigo en todo momento o solo cuando fueras como él esperaba.

De tanto escapar llegué a mi lugar favorito, esa cafetería de mi barrio donde era conocido y siempre bien recibido. Aunque esta vez ocurrió algo diferente. Entré como siempre saludando a todos, pero sin recibir respuesta alguna. No le di mayor importancia y, como acostumbraba, me senté frente a la barra. Ahí estaba un buen amigo de mi padre, el que me vio de reojo para luego alejarse. No entendí esa actitud hasta que vi en la pantalla de aquel antiguo televisor letras borrosas diciendo que esa misma mañana yo había muerto. ¿Cómo era posible? Si estaba ahí, sentado, viéndolo todo. Decidí emprender una nueva carrera tratando de buscar una explicación.

Al llegar a casa entré sin demora y vi a mis padres llorándole a una de mis fotos. Se quedaron mirándome hasta preguntar quién era. Me quedé helado sin saber qué responder. Dije que era amigo de su hijo, que me había enterado de la noticia. Me abrazaron y lloraron, creo que, en el fondo, ellos sabían que en algún momento fui su hijo, pero que después de todo lo que pasó, me fui muriendo poco a poco hasta fallecer por dentro y dejar solo mi cuerpo como evidencia de mi existencia.

Puedo decir que todo comenzó cuando estaba en el colegio. Perdí a mi mejor amigo en un accidente donde manejando choqué con un poste. No me pasó nada, mas, él murió al golpearse contra el parabrisas. En ese momento caí en un odio interno que nunca antes sentí, cuando traté de "limpiar" mi alma con el alcohol, siendo este el primer acercamiento a todos mis problemas. Me dediqué a la vida bohemia; dejé el colegio y mi casa, concentrándome en andar de bar en bar buscando alguna puta que por poca plata me hiciera olvidar momentáneamente. A veces la encontraba, algunas terminaban en una pelea, y hay otras de las que simplemente no me acuerdo, pero con la constancia de que cada noche llegaba con la billetera vacía.

Entre alcohol y sexo solo me hacía falta un vértice para terminar el famoso dicho "sexo, drogas y alcohol". Y fue entonces, en una de estas noches de farra, cuando entré en ese callejón sin salida, siempre bajo la misma rutina. Éxtasis para entrar en calor, tragos en el bar y luego buscar un sitio donde desquitarme, sin importar si se trataba de una mujer, un hombre o un pedazo de plástico, solo deseando dejar de pensar en mi existencia por un rato.

8

¿Por qué hacer esto?

¿Por qué molestarme?

¿Por qué revisar la ortografía?

Porque si yo no lo hago, nadie lo hará. Porque así se entenderá lo que escribo.

Porque vale la pena reparar en los detalles, estos que pueden cambiarte la vida, y si no es a ti, a alguien que se dé el tiempo de leer estas palabras.

Estas preguntas me hacen pensar, ¿por qué canto?

La respuesta es simple, pero, a la vez, muy distinta de lo que se cree.

Es porque cuando canto soy yo mismo, no tengo que cambiar mi forma de ser.

Cantar es algo que me libera, algo que me ayuda a olvidar todo lo que está a mi alrededor.

Solo yo y la música.

Por esto siempre escucho música, incluso sin ser cantante, para librarme del mundo real.

¿Por qué?

Porque si uno no hace lo que le gusta, aunque sea por un segundo, la vida pierde sentido. Y si eres como yo, que la vida pierda sentido resulta ser un problema. Puesto que es perder las ganas de seguir en pie, de levantarse en la mañana, inclusive de tomar una taza de café; es perder tu vida.

La música y el canto siempre estarán en mi memoria, ya que como dijo un autor alguna vez: "la muerte no llega con la vejez, sino con el olvido".

9

24 de agosto de 2017
Sí, volví a ser feliz.

30 de agosto de 2017
Me rompieron el corazón una vez más.

23 de septiembre de 2017
Estoy destrozado por dentro.

10

No pudo más. Llevaba horas buscando, pero no encontraba nada. Estaba solo con sus audífonos, sus fieles compañeros en circunstancias como estas, aunque hoy ni ellos parecían ayudar. Siguió buscando hasta llegar al lugar donde todo había comenzado. Lo miró y recordó todos los momentos que vivió ahí.

Después de unos minutos siguió su camino. Llegó a su edificio, subió hasta el último piso y nos encontramos una vez más. Nos miramos, nos abrazamos. Ambos estábamos llorando. Luego de un rato decidió bajar.

Yo por mi parte sigo aquí arriba, esperando a que vuelva, sabiendo que algún día se quedará y no volverá a bajar.

11

Estimada:

Es la tercera vez que te escribo. La primera fue para apelar sobre tu conducta, la segunda para agradecerte con cierta precaución y, ahora que no respondiste, para despedirme.

Ya no aguanto tus maltratos, tus cambios, tus constantes puñaladas. Te pedí que me dejaras en paz, aunque fuese por un rato, pero una vez más me escupiste la cara. Cuando comenzaba a ser feliz hiciste de las tuyas y me golpeaste hasta ponerme de rodillas, y me obligaste a suplicar que parases, sabiendo que esa pausa que te imploraba sería cada vez más efímera.

Espero no me extrañes tanto. Aunque sé que con la cantidad de gente que haces miserable no te haré falta. Eso es lo que haces, das y quitas según tu capricho. Para ti es un juego y lo jugarás hasta el final de los tiempos.

Se despide para siempre,

El desilusionado.

12

Estaba apacible en su silla cuando se largó a llorar. Comenzaba a recordar aquellos días en los que podía ver. Analizaba cada momento, todo lo malo que había hecho para quedar así. Tanto mal provocó en la gente que confiaba en él, fallándole a todos, incluso a sí mismo. Nunca respetó límite alguno, sin impedimento de hacer lo que quisiera y, hasta hoy, sin arrepentirse.

Olvidó todo lo que le enseñaron, viviendo así hasta quedar solo y ciego. Entonces, ¿por qué llora el ciego? Porque debe vivir con todo el mal que produjo en su vida.

13

Eran las siete de la tarde cuando volví a mi casa. Cumplí con todos mis trabajos y solo quería descansar. Al llegar frente a la puerta tuve el presentimiento de que algo extraño esperaba del otro lado. Me armé de valor y entré, encontrando el correo en el piso, aquel que siempre quedaba ahí hasta que llegara de trabajar o me dignara a levantarlo.

Inicié mi ritual para los días largos, prendí un cigarro, destapé una cerveza y me senté a ver cómo se escondía el sol. Después de unos minutos en silencio decidí poner un poco de música para mitigar esa sensación de soledad, tal como lo hacía cuando era joven. Debo decir que fue un grave error, pues con el sonido vinieron acoplados los recuerdos y la melancolía.

Al terminar de fumar y beber la tercera cerveza me dispuse a entrar y así alejar los pensamientos.

Fue inútil.

Los recuerdos se sentían reales, mis amigos parecían felicitarme por haber terminado mis estudios, mi padre jugando golf conmigo, las tardes tocando guitarra para mi madre. Sin embargo, el más doloroso de todos fue ver al amor de mi vida antes de aquel accidente. Las lágrimas brotaban incesantes, por lo que abrí otra botella en busca de adormecer el dolor, solo consiguiendo aumentarlo a un nivel insoportable.

Al final me acosté, pensando en que mañana sería como cualquier otro día. Cerré los ojos, inhalé profundo y me volteé en la cama. No contaba con que ese día llegaría la visita que esperaba desde hacía un tiempo. En la madrugada oí que tocaba mi puerta, la dejé pasar y me dijo: ¿listo para irnos?

14

Decidió sentarse en la cama pensando en qué hacer ahora que no conciliaba el sueño. Comenzó a recordar su niñez, cuando no tenía preocupaciones ni responsabilidades; cuando era realmente feliz. Se miró en su espejo y no vio más que el tiempo a través de su mirada. La extrañaba más de lo que era capaz de admitir. Trajinar entre sus memorias apartando fotos, cartas y postales que jamás debió cargar con tal connotación dolorosa. Ver la cómoda al costado de la cama no debía provocarle tan fuertes escalofríos. Pero no era cobarde pues, armándose de valor, abrió el cajón de su velador, buscó su número y decidió llamarla.

En cuanto contestaron el teléfono y escuchó la voz de un hombre, colgó y rompió en llanto.

¿Quién dice que no se puede morir de pena?

15

Estaba sentado en la terraza, mirando el horizonte y pensando en la vida, solo. De pronto la vi salir. No me dijo palabra alguna y se sentó.

Luego de un rato sin hablar sentí un puñal en el corazón mientras una lágrima resbalaba por su cara. Fue entonces cuando entendí que aquel que lo clavó había sido yo, y lo único que faltaba era empujarlo.

16

Despertar y darme cuenta de que todo era distinto nunca estuvo en mis planes. Pero así pasó; desperté y tú ya no estabas.

17

Esa noche recibí su visita. Estaba más bella y cercana que nunca, con su cabello recogido y los párpados delineados. Aunque no venía a verme, pues solo hizo una parada para observarme entrar en la cama, luego partiría a Santiago. Supuse que una vez completado su cometido, volvería a visitarme para reírse de mí y despedirse después de esos tres años que estuvo presente al acecho.

Y así fue.

Al momento de despertar la vi sentada, con el mismo vestido negro y la sonrisa pálida con que se había despedido la noche anterior. Lo único que se me ocurrió decir mientras lo hacía fue: "Ya era hora", con las lágrimas bajando por mi cara.

18

Increíblemente, fui el último. Uno a uno, fueron cayendo y en cada ocasión cumplíamos lo acordado. Esta vez fue más difícil, puesto que solo estaba yo. Levanté mi vaso en honor a todos y en especial por aquel que lloraba ese día.

Volví a casa y comencé a escribir como de costumbre. La inspiración me fue esquiva esa noche, pues solo a eso de las dos de la mañana conseguí algo más o menos aceptable; una frase que decía: "Tu peor compañía son tus pensamientos". Esa condenada frase reflejaba cómo me sentía. Solo, sin familia, y ahora sin amigos.

19

Cuando desperté supe que sería un gran día, cosa bastante inusual, ya que la felicidad me había sido esquiva desde hacía un tiempo.

Me levanté igual que siempre, aunque atento a lo que podría ser diferente. Fui a trabajar sin que ocurriera nada fuera de la común. Papeleo, tazas de café a medio acabar, conversaciones de pasillo que morían subiendo al ascensor. Mi sonrisa poco a poco se iba desvaneciendo ante este escenario corriente.

Salí a caminar para despejar un poco la mente y ahí fue cuando noté algo atípico. Era un cuadro, un simple cuadro que me quedó grabado en la cabeza, ya que esa imagen cambió por completo mi día.

Desde entonces paso por aquel lugar a observarlo antes de ir a trabajar. Se convirtió en un recordatorio de que la felicidad se encuentra en los detalles que uno no siempre observa.

20

Después de mucho tiempo decidí sentarme y afrontar mi realidad. Estoy solo. Como muchas veces, me ahoga una sensación de soledad. Me cuestiono si aquella decisión fue correcta o simplemente la salida fácil. La respuesta me la dará el tiempo, pero quizás, si mañana lo veo, encontraré algo de paz.

21

El otro día soñé que podía cumplir uno de mis mayores sueños, pero no fui capaz. Desperté muy agitado, pensando ¿qué me frenó?

Aún no sé si fue la moral, si alguna parte de mí sabía que no era real, o simplemente que no deseaba vivirlo pues sabía que nunca sería real

22

Por un segundo todo se paralizó. Al comienzo no lo notó, pues pensó que la batería de su reloj se había agotado. Dejó todo para ir en busca de una nueva y se dio cuenta de que él era lo único que se movía. Tuvo una reacción bastante extraña. Se sentó y comenzó a pensar en su familia, sus amores, sus errores y aciertos, en todo aquello que vivió. Entonces entendió lo que había pasado.

23

Otra noche estoy aquí, solo, sin más que el sonido de una ampolleta que está por quemarse.

Ya ni sé por qué me siento aquí. Los recuerdos que una vez existieron dentro de estas murallas se fueron hace mucho, quedándome esta silla, mi botella y mi lámpara que cada día ilumina menos.

Aún recuerdo cuando veía televisión con ella. Ahora me arrepiento de tantas horas ahí sentado y tan pocas disfrutando de su compañía. Tal vez por eso se fue, por la falta de atención y preocupación que alejan a cualquiera. Mi mayor error fue siempre poner atención en no perderla y no en hacerla feliz. Fuera por la razón que fuere, ya no está y no puedo hacer nada al respecto.

Me atormentan imágenes donde ella me habla, pero soy incapaz de escucharla. Quizás así sentía que eran nuestros días, conmigo borracho, tratando de escapar de una realidad, y ella hablando sin ser escuchada, tratando de entender qué era lo que me preocupaba.

Para mí era claro que intentaba escapar del miedo. Miedo a quedarme solo una vez más, a perderla, a quedarme conmigo mismo.

El escalofrío que siento es tan fuerte como el que sentí la primera vez que analicé mi vida. No debía haber tenido más de dieciocho años y trataba de encontrar un camino hacia el futuro. En ese momento, por primera vez, me sentí como me siento hoy: solo.

¡Por favor, perdóname! ¿¡Por qué no fui yo!? ¡Vuelve! ¡Devuélvemela! ¡Ella no merecía esto!

De pronto siento que algo me toca el hombro, y con emoción miro hacia atrás pensando que es ella; pero no hay nada. Al parecer estoy condenado a esto, a ver fantasmas y tomar hasta olvidar mi penosa existencia. Si ese es el caso, brindo por mí, por la soledad y por mis grandes escapes de la realidad que me han ayudado a sobrevivir a todo.

24

Hoy decidí entenderlo: sacarme la venda de los ojos y ver con claridad aquel sueño que creía vivo, enterrado desde hacía mucho tiempo y, como todo lo muerto, no volverá a la vida.

No puedo concebir lo ciego que me tenías. Tú, dueña de mi felicidad y mis penas más profundas. Sujeté la cuerda sin importar las heridas y lo único que gané fueron cicatrices que ni el tiempo podría sanar, reflejo de lo triste que es mi vida, y de que necesito aferrarme al más mínimo recuerdo de felicidad sin importar lo autodestructivo que sea.

En lo único que pienso ahora es en cómo la memoria se convierte en un arma de doble filo. A veces nos ayuda a aprender del pasado, mas, también trae momentos que llevan consigo sentimientos fuertes que quisiéramos revivir u olvidar. Ambos casos son imposibles y por eso cuestiono todas las decisiones que he tomado, viendo lo estúpido que soy, notando todo el tiempo que perdí engañándome.

Solo espero que este sea el fin y no vuelvas a tentarme, porque a pesar de saber el desenlace, tengo claro que volvería a caer y el sufrimiento se convertiría en mi fiel compañero.

25

Bienvenidos a Arreit.

Este es un planeta similar a otro muy conocido, pero con algunas diferencias que les contaré:

Aquí no hay amigos reales, solo se aparenta.

Nunca confíes en nadie, es muy común ver lobos vestidos de oveja.

Solo confía en la gente que conozcas de toda la vida, e incluso con ellos ten cuidado. No digo que no conozcas a nadie nuevo, pero debes estar atento. A veces las personas en las que confías te apuñalan y son extraños los que te ayudan a seguir.

Acabo de notar un gran error mío. Pido disculpas de inmediato por mi dislexia pues el nombre del planeta está mal escrito, aunque ya deben haber descifrado el nombre real.

No espero que compartan mi pensamiento, ya que a veces ni yo estoy de acuerdo, pero esta es la experiencia que he tenido.

26

Esta es mi vida.

Tal vez no me veas muy seguido y, si lo haces, puede que me ignores. Puede que creas que me han reemplazado por algo más rápido, más instantáneo. Pero aquí estoy, dando pasos y dejando huellas por donde tú me lo permitas. Sigo tu guía sin vacilar y, si lo deseas, puedo esconder mis huellas y convertirlas en algo más de tu agrado.

Siempre aguanto tu pena, tu rabia, todo lo que sientas. Nunca hablo, solo sigo tu camino ya que, después de todo, mi deber es plasmar tus ideas porque eso soy; un lápiz y nada más.

27

Ha pasado todo el día fuera de casa y por fin llega a descansar. Casi no nos recuerda, ahora solo somos pensamientos que vagan por su mente, todos distintos, pero con algo en común; reproducimos palabras que otros pensaron.

Intenta plasmar lo que piensa, mas, no confía, no le gusta el modo.

¿Será que llora por eso?, ¿o será que hay algo más allá? Tal vez nostalgia, quizás recuerdos. Sea lo que sea, hace mucho que no es el mismo.

Creo que hay cosas que no logramos ver y que su total despreocupación por nosotros se debe a factores externos más profundos de los que llegaremos a conocer y entender.

28

Estaba tranquilo, como todos los días. Pensé que seguiría encerrado, pero hoy fue distinto.

Salí.

Después de muchos años me dejó salir. Me sacudió un poco y me miró como en aquellos tiempos en que pasábamos horas juntos, cuando me contaba sus penas, buscaba consejos, o simplemente quería expresar lo que pensaba sin miedo a ser juzgado.

Solo espero que no me abandone de nuevo, ni que abandone mis hojas donde ha expresado tanto.

29

67

¿Cómo llegué a esto?

¿De dónde nacen estas ganas de saber?

Pienso que es la ilusión de volver a como era antes, pero sé que eso es solo una fantasía que ronda en mi cabeza y no me suelta. ¿Será porque en ese minuto era feliz, motivo por el cual quedé con la espina?, ¿o simplemente será por amor?

30

Lo pasado ya quedó en el ayer. Lo que alguna vez fue no volverá. Los aires de un nuevo comienzo se acercan, siempre y cuando los sepa recibir. Tendré que aprender a no repetir mis errores, a no tropezar con la misma piedra por décima vez.

Todo cambia, para bien o para mal, pero solo es efectivo si uno quiere cambiar.

31

¿Cómo hacer para que todo se arregle?

¿Qué puedo hacer para arreglar las cosas?

Son preguntas que me hago con más frecuencia de la normal.

¿Seré yo el problema?, ¿o será simplemente una etapa de la vida? Una que, por ahora, pareciera no tener fin.

Me desvelo pensando en esto, cayendo más en otros problemas que solucionando algo de verdad.

¿Seré yo el problema?, ¿o será simplemente una etapa de la vida?

32

Hoy fue un día muy diferente. Cuando había llegado su momento de quejarse de todo aquello que normalmente lo atormentaba, no encontró motivos para hacerlo. Nada lo había molestado, hasta podríamos decir que ese fue un buen día.

Estaba feliz como hacía tiempo no le pasaba, y más importante aún, sin que alguien externo fuera la fuente de esa felicidad. Como dije: solo fue un buen día.

Se sintió raro un rato, pero luego, disimulado y temeroso, sonrió. Quería dedicarse a apreciar en vez de preocuparse por lo que le depararía el mañana.

33

¿Será verdad?

¿Nos volveremos a encontrar?

Ojalá así sea.

Ojalá nos veamos y todo vuelva a tener luz.

Ojalá todo vuelva a tener sentido.

Ojalá vuelva a ver tus ojos mirándome con sorpresa y ter-
nura.

Ojalá vuelvas para contarte lo bueno y lo malo.

Ojalá vuelvas a ser la sonrisa de mis mañanas.

Ojalá seas de nuevo mi consejo, de nuevo mi critica,

de nuevo parte de mi vida.

34

Por fin todo había terminado. Los meses de encierro, la incertidumbre; todo el sufrimiento era parte del pasado.

Salió dudoso. No estaba seguro si era real o se trataba de otro sueño. De a poco comenzó a ver más gente en la calle y confió en que era real; la pandemia había terminado.

Corrió hacia donde un amigo para conversar con alguien, pero no lo encontró en su casa. Intentó llamarlo, pero tampoco hubo respuesta. Decidió volver al hospital ya que tal vez no se había enterado de su alta y lo estaba buscando.

Cuando llegó corrió a saludarlo, pero notó que estaba llorando afuera de la que había sido su habitación durante esos meses.

Fue ahí cuando le notificaron que ya estaba "recuperado".

35

¿Es este sufrimiento el resultado de cosas hechas en el pasado?, ¿o es simplemente algo que viene acompañado de ir creciendo en la vida? Nunca fui tan malo como para merecer esto, al menos eso creo. Bueno, estuvo esa vez que… pero eso fue solo un accidente, y cuando le dije… pero fue por su propio bien. Tal vez sea por… no, no puede ser eso, todos lo hacen y no los veo sufriendo como yo. Pero ¿qué tal si lo están y tan solo no lo demuestran?, ¿qué pasaría si todos estuviéramos igual, pero ninguno quisiera decirlo? No, eso es absurdo, ¿cómo podríamos estar sufriendo de la misma manera sin que nos diéramos cuenta?, ¿será una posibilidad?, ¿o no? Quizás, pero no debería preocuparme por ellos, tampoco lo hacen por mí y, como dicen, ojo por ojo.

El problema es que no soy así, nunca lo he sido. Puede que ahí radique el problema. Me preocupo tanto por los otros que termino agobiado por asuntos ajenos.

¿Será momento de cambiar?

Aunque pensándolo bien, ser así me ha traído tanto felicidad como pena y, si pongo en una balanza cada una, los momentos felices son más, pero los tristes más duros y quedan más marcados en la piel.

Puede que solo deba hablar. Decirle a alguien cómo me siento y ver si tiene una solución. Pero ¿y si no la hay?, ¿y si estoy condenado a sufrir de esta manera? Imposible, sé que he cometido errores, mas, soy un buen tipo. Lo intento al menos. A veces lo soy con ciertas personas. ¿Me habrá consumido la tristeza y el enojo?, ¿creo ser bueno cuando en realidad me convertí en lo contrario?, ¿será este sufrimiento el resultado de cosas hechas en el pasado?, ¿o es simplemente algo que viene con ir creciendo en la vida?

36

Al fin lo logré, pude juntarme con ella. No bajo las condiciones esperadas, pero no puedo ser exigente.

Nos encontramos en el mismo lugar al que solíamos ir cuando estábamos juntos. Todo parecía reaparecer: las caminatas, las miradas, incluso las sonrisas eran como antes. De pronto se empezó a acercar. Cerró sus párpados y sentí su tibia respiración sobre la mía. Lo que tantas veces soñé estaba por hacerse realidad. Pero entonces le dije: "no", "no así".

Desperté de golpe, encendí la luz y me senté en la cama. No lograba entender por qué rechacé mi mayor anhelo. ¿Habrá sido la moral?, ¿o tenía certeza de que eso solo podía pasar en un sueño?

37

Aún no comprendo qué fue lo que pasó. Cómo pasé de ser un tipo normal al alcohólico que todos ven.

El problema es que no soy capaz de verlo. ¿Será cierto?, ¿será que ya no logro ver mis problemas? Tal vez sea eso, o quizás ellos no lo entiendan.

38

¿Cómo hacerlo?
¿Cómo despertarlo de ese sueño?
¿Cómo explicarle que ahora esa es su casa?
¿Me oirá?
¿Sabrá que lo miro?
¿Sabrá lo que siento?
¿Por qué no se levanta?
¿Estará muy cansado?
¿Será este el momento?
¿Qué sentirá?
¿Dónde estará?
¿Estoy listo?
¿Seguirá acompañándome?
¿Qué pasará ahora?
¿Qué haremos?
¿Podré ser fuerte?
¿Será muy difícil?
¿Este es el fin?
Quise hacerle estas dieciocho preguntas, pero ya era tarde.

39

Trató de concentrarse en la lectura, pero algo lo tenía inquieto. Se rindió al tratar de entender y decidió hacer un repaso de su día.

Despertó, se levantó, tomó desayuno como cualquier otro día y partió a su trabajo. Al terminar regresó a su casa, hizo un poco de deporte y salió de nuevo.

Al volver se sintió atrapado por un sentimiento que no tenía hacía mucho, una especie de felicidad plagada de un amargor intenso, un recuerdo impregnado de nostalgia que lo llevó a momentos olvidados.

Entonces comenzó a llorar.

40

Me senté en la cama unos minutos. Tenía que tomar una decisión: trabajar o seguir aplazando mis responsabilidades. Luego de mucho pensarlo encendí la televisión sin intención de mirarla, sino para sentir la voz de alguien más y engañar a mi soledad.

Aburrido de revisar toda la basura que me ofrecía la pantalla, saqué mi celular para revisar mis redes sociales. Me topé con una nueva historia de ella. Dudé si verla o no, mas, cuando me decidí, me abrumó mi decisión. Estaba feliz con él, pero no me fijé en el contenido de la foto, solo vi sus ojos y sonrisa. Estaban hermosos, igual de bellos que en ese entonces, cuando yo provocaba esa sonrisa.

Tan triste como suena, ahora solo puedo verla feliz con otro. Son estos los momentos en donde me arrepiento de todo lo que hice para perder dicha sonrisa.

41

Una vez más se vio enfrentado a esa puerta. No sabía si entrar o dar media vuelta y olvidarse de ella.

Temía a lo que encontrase en el otro lado, pero lo que de verdad le estremecía era que ese sitio fuera la realidad y su vida fuese solo una fantasía creada para escapar.

Se armó de valor y entró. Todo estaba oscuro, así que sacó su celular para alumbrar el camino. Entonces se vio sentado en el medio de la habitación, golpeado, herido y sumergido en un llanto infernal. Por un minuto dudó si acercarse, pero su otro yo volteó a verlo antes de que pudiera tomar una decisión.

Después de un momento de tensión y silencio le señaló otra puerta marcada con la palabra "VIDA", y le preguntó: "¿listo para otra ronda?"

42

No hay mayor sufrimiento que aquel generado por la incertidumbre; ese dolor que no tiene más remedio que su contrario, la comprobación, la que puede llegar a ser mucho peor que la propia duda.

Soy solo un ciego en busca de un pañuelo para secar mis lágrimas. Pero ¿será la solución secarlas?, ¿o estoy destinado a estar acompañado de este sufrimiento por el resto de mi vida?

La única certeza que tengo es que debo seguir buscando una respuesta y una solución a mis problemas.

Aunque no te guste el camino, debes seguir. Eres capaz de más de lo que crees.

43

Lo único real en ese momento era que el camino se hacía cada vez más complicado, el resto parecía pura fantasía.

Ahora solo me queda seguir andando y esperar, ver si hoy cambia todo o si las desgracias continúan.

44

Acostarme y dormir
para mí eso es ahora vivir,
porque ahí es donde respiro,
porque ahí es donde te miro.

Solo en mis sueños siento
que soy libre de verdad,
solo en mis sueños sonrío
ya que te tengo ahí conmigo.

Corro para abrazarte
al igual que antes,
y mi cara se ilumina
al ver que volviste.

Ahora toca despertar,
ahora toca regresar,
a ese camino sin sentido
que recorro hacia mi destino.

45

Tú,

Una vez más traes a mi mente los recuerdos doloro-sos. ¿Será que hay una lección que aprender?, ¿o simple-mente te gusta verme miserable?

Sea cual sea la razón, quiero que sepas que te odio.

TJ

46

Ese día no fui capaz de contener mi alegría, pues por fin había recuperado mi razón de sonreír. Cómo no estar enamorado de ella, si es la única que me genera esa sensación de felicidad plena.

Dos semanas después de ese día aprendí una gran lección: la persona que más feliz te hace, es también capaz de generarte un gran sufrimiento.

47

Me llena un sentimiento de autodestrucción. La rabia y el enojo hacia mí mismo pasaron a ser algo latente y constante.

Con esto solo logro aumentar mi sufrimiento y además hago sufrir a quienes me quieren, sin posibilidad de cambiar.

Solo me queda elegir entre dos caminos: convertirme en el imbécil sin sentimientos que odio y no sufrir, o atreverme a sentir de nuevo y tratar de crecer desde el dolor; un camino es fácil, el otro muy complejo.

Solo el tiempo dirá qué camino tomaré. Espero poder vivir con aquel que escoja.

48

Ese viaje lo cambió todo. Ya no estaba solo. Los amigos que encontró no podrían quitárselos. Estaba incrédulo de cómo pasó todo. Lo que comenzó como un fin de semana cualquiera, terminó con él madurando y avanzando hacia una vida más tranquila.

Aquello que hizo le ayudó a darse cuenta de que debía ser feliz por quien era, y a entender que las cosas no salen de la nada, sino que debe trabajar por lo que quiere.

Esta narración es una versión más "poética" de lo que pasó ese fin de semana, y una manera de agradecer a todos los que estuvieron con él, aquellos que fueron un apoyo y una ayuda muy grande.

49

¿Han llegado a ese punto del día en el que ya no saben qué hacer?

Desde que empecé esta nueva vida, todos los días parecen ese momento. Pensé que la libertad me vendría bien, pero resultó ser mi peor pesadilla.

Todos se habían ido, trabajaban o tenían familia. Yo, en cambio, veía el desfile de amantes pasar por mi puerta y las botellas cayendo de la mesa. Ese fue el último recuerdo que tengo antes del accidente.

El choque no fue la peor parte, el golpe me dañó los ojos hasta dejarme ciego.

Ahora paso mis días solo con mis recuerdos, pensando en que, si hubiese cambiado mi estilo de vida, tal vez esto no hubiera ocurrido.

50

Realidad, ese condenado golpe que te muestra lo que no quieres ver. Puede ser algo bastante positivo, pero en mi opinión no lo es, ya que, sabiendo como es la vida, no quiero asumirla y prefiero vivir en mis fantasías. Pienso en que algún día todo se dará vuelta y volveré a ser feliz, mas, la experiencia y mi realidad me muestran que no será así.

Si me preguntaran ¿cuál es el peor mes del año?, diría enero sin dudarlo. Porque fue en ese mes, hace muchos años, que perdí la felicidad, esa que hace de levantarse una tarea sencilla.

51

Era la batalla más esperada del año, al menos para mí.

Todos estaban reunidos expectantes al comienzo. En una esquina estaba la vida y en la otra yo.

La pelea comenzó de manera brutal, la vida me dio golpes hasta dejarme de rodillas, pero hoy eso no importa.

Después de varios asaltos logré dar el puñetazo definitivo; al fin logré ser yo quien la dejara en el piso.

Al terminar la pelea me encontré con la que había sido, y aún era, el amor de mi vida. Me invitó un trago para ponernos al día y, después de unos minutos conversando, nos besamos.

Luego de aquello me di cuenta de que estaba soñando. Nadie puede ganarle a la vida en su propio juego.

52

Decidí volver al lugar donde todo terminó. Una vez más era hora de enfrentar a mis demonios. Con anterioridad me había propuesto esta tarea sin mucho éxito, pero esta vez se sentía diferente. Había un nuevo demonio dando vueltas.

Enseguida me di cuenta de que era distinto, más ágil y astuto a la hora de aparecer; espera a que esté solo para atacar y derrumbar la felicidad que pueda estar sintiendo.

Quizás estoy poco familiarizado con él y esa es la razón de por qué me afecta tanto, o tal vez será necesario dar una gran pelea para sacarlo.

Solo sé que no quiero volver a estar solo, no quiero conocer el verdadero poder de este demonio.

53

Me subí al auto y una sensación muy extraña se apoderó de mí. Sentí mucho frío y luego una profunda angustia, pero no fue hasta cuando me acercaba a casa que exploté.

Lloré desconsolado por fantasmas del pasado, cosa que no era tan anormal, pero esta vez la pena parecía ahogarme y me invadía una soledad que nunca había sentido.

De pronto un sonido salió de mi boca, parecido a una risa macabra plagada de sufrimiento.

No entendí si era desconsuelo, una manera de escapar de la pena, o simplemente una señal de haber perdido la cabeza.

Sea lo que haya sido, esa sensación de frío y soledad me acompañan desde entonces.

¿Será desconsuelo, un método de escape, o simplemente una señal de que perdí la cabeza?

54

Cuando terminé mi día te llamé, pero no contestaste. Enseguida pensé que estabas descansando y soñando con cosas mágicas, así que decidí no insistir para dejarte disfrutar.

Mientras caminaba pensaba en cómo contarte mi día, y se me ocurrieron varias formas según lo que pasaba.

Primero fui invitado hasta la aldea de unos nativos para conocer al jefe de la tribu. Este me recibió como uno de los suyos.

Luego fui el asistente de un mercader, actualizando los precios de diversos bienes con nombres en idiomas desconocidos y muy difíciles de pronunciar.

Después me convertí en un matemático griego, analizando, descubriendo números y fórmulas que fueran útiles para nuestras necesidades.

Terminado eso fui con mis maestros a una taberna para engañar al estómago. Comimos alimentos traídos de distintas partes del mundo.

Volvimos al reino para analizar las asignaciones del escaso ganado que se repartiría entre los distintos pueblos según su productividad.

Para terminar mi viaje me convertí en un *chasqui*, traspasando mensajes de gran importancia desde la capital del imperio a los pequeños pueblos.

Y ahora… ahora soy un poeta escribiéndole a su amada. Soy un caballero esperando a su doncella. Soy un

hombre a la espera del amor de su vida, con quien desea
pasar el resto de sus días

118

55

Había llegado el día.

Hace muchos años le prometió algo a su mejor amigo y pretendía cumplirlo.

Fue a la tienda, compró una botella de su licor favorito y partió a ver a su amigo. Como el viaje era largo, decidió escuchar un poco de música para distraerse y comenzó a pensar en todo lo que le contaría a su casi hermano.

Al llegar tomó dos vasos, sirvió un trago para cada uno y se sentó a conversar. Le contó todo lo que había pasado ese año; desde los resultados del fútbol, hasta cómo se había enamorado, una vez más, de la mujer de sus sueños.

Cuando se le estaba vaciando el vaso decidió servirse un último trago. Se puso de pie, miró al cielo y entre lágrimas dijo: "este va por ti, querido amigo".

56

Pasó todo el día ocupado y ahora se tomó su tiempo para estar con él. Estaba tratando de escapar de algo, pero ¿de qué?

Quizás el trabajo lo tenía agobiado, o aún no se acostumbraba a su nueva casa; tal vez tenía hambre o simplemente estaba cansado.

Sacó una foto de su cajón y cayó de rodillas al piso, sumergido en un llanto que parecía no tener fin.

Hasta el día de hoy no logro descifrar qué o quién está en esa foto, solo sé que, cuando la ve, es como si un puñal le atravesara el pecho.

57

Ese día todo sería diferente. Tenía mucho que hacer, pero por primera vez, estaba bien organizado.

Primero iré al cementerio a ver a mi mejor amigo para pedirle ánimo. Luego volveré a mi casa para cambiarme de ropa, ponerme perfume, peinarme (una vez más), todo para después salir a buscarla. Han pasado siete años desde la última vez que salimos y hoy por fin volveremos a hacerlo.

De su casa nos iremos a caminar a un barrio con muchos negocios, tiendas, restaurantes, en fin, mucho movimiento; almorzaremos en alguno de esos locales para luego ir a ver una película. Terminada esta volveremos a mi casa para un romántico final con su comida preferida (cocinada por mí, por supuesto).

Todo saldrá según lo planeado. Llegaré a buscarla, tocaré la puerta y ahí estará, tan hermosa como la recordaba, con una sonrisa dibujada en la cara.

Será el mejor día de mi vida, o eso creeré hasta que volvamos a su departamento. Nos quedaremos en silencio por unos minutos, mirándonos. De pronto, ella se me acercará y me dará un beso. Posteriormente mi sonrisa se desvanecerá. Despertaré abrazado a una botella en el suelo de mi casa.

Seré un tonto al creer que todo eso es real; a fin de cuentas ella hace un buen tiempo que está feliz con otro, y yo, por más que intento, no logro olvidarla.

58

No estaba seguro sobre lo que haría, pues parecía tarde para conseguir cambiar algo; así que decidió recordar.

Recordó su niñez, sus juegos, sus penas y sus alegrías, a sus amigos de ese tiempo; todo era felicidad en ese entonces.

Luego comenzó a pensar en su padre. Volvió a jugar con él, a reír. Recordó hasta el día en que ya no estaba, y la pena que sintió en aquel momento regresó para hacerle compañía.

Por último, pensó en sus relaciones pasadas, recordando una en especial; la que más feliz le hizo y con la que quería pasar toda su vida.

Cuando terminó de recordar, lo único que le quedaba por hacer era cerrar los ojos. Así lo hizo y por fin pudo descansar.

59

Ya perdí cualquier noción del día. Hace mucho que no me deja salir y ver el mundo, ¿por qué me tiene encerrado? Debe ser por esa vez que… o tal vez esa otra ocasión cuando… quizás es por culpa de ella, o la que vino después, o todas las que pasaron.

No, no, fue feliz… eso creo… eso parecía al menos. ¿Lo habré arruinado?, ¿será que lo apresuré y terminó sufriendo? Pero no era yo quien tomaba las decisiones, pues solo le mostraba cómo se sentía. Puede que me haya equivocado, mas, eso no justifica que me rodeara por un muro de piedra, el cual no deja que se acerquen ni que yo sienta.

60

Después de años llegué al final del camino.

Fue duro, plagado de lágrimas y un par de alegrías, pero ahí estaba. Pensé en todo lo que había hecho para llegar. Parecía una aventura perfecta, pero me sentía incompleto, algo me hacía falta.

Fue entonces cuando me acordé de ti, mi inspiración, la causa principal de este viaje, la que tantas veces me tiró al suelo, a la que en reiteradas ocasiones reclamé como mi mala suerte. No estuviste conmigo en ese momento, quizás para darme un descanso, o tal vez porque estabas planeando algo.

Tomé aire y disfruté la vista, porque sabía que pronto volverías con tu sonrisa sarcástica a traerme problemas, pero esta vez tú serías la sorprendida, ya que no me dejaré caer tan fácil.

www.ingramcontent.com/pod-product-compliance
Lightning Source LLC
Chambersburg PA
CBHW051216160726
47994CB00002B/627